Karl Klein

Die Kirche St. Stephan in Mainz

Antigonos

Karl Klein

Die Kirche St. Stephan in Mainz

Unveränderter Nachdruck der Originalausgabe von 1866.

1. Auflage 2024 | ISBN: 978-3-38616-001-8

Antigonos Verlag ist ein Imprint der Outlook Verlagsgesellschaft mbH.

Verlag: Outlook Verlag GmbH, Zeilweg 44, 60439 Frankfurt, Deutschland, info@outlook-verlag.de
Vertretungsberechtigt: E. Roepke, Zeilweg 44, 60439 Frankfurt, Deutschland
Druck: Libri Plureos GmbH, Friedensallee 273, 22763 Hamburg, Deutschland

Die
Kirche St. Stephan
in
Mainz.

Beschrieben

von

Karl Klein,

Professor am Großherzoglichen Gymnasium zu Mainz.

Mainz,

Druck und Verlag von G. Passet.

1866.

Seiner Hochwürden

Herrn Pfarrer Merz

zur

Erinnerung

an

sein fünfzigjähriges Pfarr-Jubiläum

im Namen

seiner dankbaren Schüler und Schülerinnen

mit Hochachtung und Verehrung

gewidmet

vom

Verfasser.

Vorwort.

———

Erst vor Kurzem hegten Mehrere den Wunsch, daß auch durch ein kleines Schriftchen der Jubeltag der Pfarrei St. Stephan gefeiert werden möge, und so entschloß ich mich, als passendste Gabe eine kurze Beschreibung der Kirche vorzulegen. Dieselbe soll jedoch weder in baulicher noch künstlicher Hinsicht maßgebend seyn, sondern nur aufzählen, was gegenwärtig in der Kirche und in den dazu gehörigen Gebäuden im Innern und Aeußern bemerkenswerth erscheint. Namentlich überging ich kein schriftliches Denkmal, das noch lesbar ist. Die meisten Inschriften sind noch nicht veröffentlicht und verdienen doch in Erinnerung gebracht zu werden, ehe sie der Zerstörung anheimfallen, wie manche bei der Explosion. Mehrere von diesen, die wir vorher uns aufzeichneten, hier mitzutheilen, lag weder in unserer Absicht, noch erlaubte es die Kürze der Zeit. Vielleicht findet sich

Gelegenheit, sie nachfolgen zu lassen; manche von ihnen sind
für die Geschichte der Kirche nicht von minderer Bedeutung
als einige der hier vorgelegten.

Möge diese kurze Beschreibung der Kirche St. Stephan
mitbeitragen, das Andenken an den heutigen Tag, an welchem
die Schüler und Schülerinnen, die Pfarrgenossen und Freunde
das Jubelfest ihres verehrten Pfarrers und Lehrers mit dank-
barem Herzen freudig begehen, noch lange in Erinnerung zu
bewahren.

Mainz, 17. April 1866.

K. Klein.

Die Kirche St. Stephan.

Erbauung.

Ueber die Erbauung der Kirche weiß man sehr wenig. Der große Mainzer Erzbischof Willigis (975—1011), der in der untern Stadt den Grund zum Dom legte, ließ auch in der obern dem h. Stephanus zu Ehren eine Kirche errichten; dies geschah um das Jahr 990. Die Kirche war sogleich ein Stift, indem der Erzbischof [1]) sie reich ausstattete und die Ursache war, daß auch die deutschen Kaiser Otto III. (983—1002) und Heinrich II. (1002—1024) sie vielfach beschenkten; daher zählte das Stift schon damals sechs und dreißig geistliche Glieder. Auch in den nächst folgenden Zeiten beeiferten sich Kaiser und Kurfürsten, Geistliche und Laien dem Stifte Geschenke und Güter zuzuwenden, so daß es sehr viele Einkünfte bezog und weithin Besitzungen hatte.

Da die erste Kirche von Holz war, so ließ Erzbischof Bardo (1031—1051) sie erneuern und von Stein aufführen. Dies geschah vor 1043. Fünfzig Jahre nachher war sie noch nicht vollendet; denn im Jahr 1099 erbot sich die Weberzunft [2]) dahier, die westliche Halle „durch welche Geistliche

---

1) Willigis wurde im Chor (der Sakristei gegenüber) begraben. Mehrere hundert Jahre später wurden daselbst die Reliquien enthoben, von denen unten die Rede sein wird. Erst 1714 wurde ihm neben dem Grabe ein Denkstein gesetzt, der bei der Restauration zu Grunde ging. Zwei goldene Kelche im hiesigen Dome sollen von ihm herrühren. Später wurde er heilig gesprochen.

2) Die Weberzunft wohnte im Käftrich und hatte eine eigene Kirche St. Paul in der Gegend des jetzigen Münsterthores (abgerissen 1657 bei dem Bau der Festung).

und Laien an den Bitttagen mit Prozeſſion eintraten" auf=
zubauen, wogegen ſie von einigen ſtädtiſchen Obliegenheiten für
ewige Zeit befreit wurde.

Aber auch dieſe Kirche war nicht feſt und ſtark; denn
ehe noch zwei Jahrhunderte vergingen, ward ſie baufällig.
Da fing man den jetzigen Bau an. Weil das Stift eine
prachtvolle Kirche hinſtellen wollte, wurden Beiträge von allen
Seiten geſammelt. Auch dauerte der Bau lange. Zuerſt for=
derte, ſo viel wir wiſſen, der Biſchof von Würzburg Jring
im Jahr 1257 zu Beiträgen für die Erneuerung der Kirche
auf. Alſo fällt der Bau des Chors, des Querſchiffes und
des öſtlichen Theils vom Langſchiffe in dieſe frühgothiſche Zeit.
Ueber fünfzig Jahre ſpäter gab der Mainzer Erzbiſchof Peter
(1306—1321) Allen, die etwas zum Bau beitrugen, vierzig=
tägigen Ablaß. Gleiches thaten andere hohe Geiſtliche, wie
der Biſchof von Olmütz, der Abt zu St. Alban dahier u. ſ. w.
Da floſſen die Unterſtützungen reichlich, und wir haben noch
ein Verzeichniß von Gaben, welche damals gereicht wurden [3]).
Alſo gehört die weſtliche Seite der Kirche in den Anfang des
vierzehnten Jahrhunderts.

Und ſo war innerhalb mehr als eines halben Jahrhunderts
dieſe herrliche Kirche entſtanden, welche ſchon über ein halbes
Jahrtauſend gegen Stürme und Unglücksfälle ihren groß=
artigen Bau in der Hauptſache unerſchütterlich bewahrt hat.
Sie widerſtand vielen Belagerungen, zwei Beſchießungen (1689
und 1793) und der furchtbaren Exploſion (1857).

Der Thurm [4]) war von Holz; mit Unrecht meint man, daß
der alte hölzerne Thurm bei der Erneuerung der Kirche ſtehen
geblieben ſei. Nach mehr als zwei hundert Jahren war er
noch nicht umgebaut; da ſchlug am Mariä Himmelfahrtstage
1542 Morgens neun Uhr, gerade als das Evangelium in

---

3) Namentlich wurden auch Schmuck, Kleider und Waffen zum
Bau dargebracht. So gab Gerhard zur Roſe einen Panzer und andere
Waffen. Ob das jetzige Haus auf der Gaugaſſe ſchon dieſen Namen
führte oder etwa die Roſengaſſe gemeint iſt, weiß man nicht.

4) An dieſem hölzernen Thurm waren nach alter Erzählung dreißig
lateiniſche Verſe angebracht, welche das Leben des h. Willigis erzählen;
ſie erwähnten auch, daß nun die Gebeine deſſelben mit der Caſula
aufgefunden worden ſeien. Uns ſcheinen die Verſe ſpätern Urſprungs
und nicht gerade ſo ſchlecht, wie Serarius und Schaab ſie machen; ſie
finden ſich bei Werner Dom von Mainz I. S. 512.

der Kirche gelesen wurde, der Blitz in den Thurm und brannte
ihn bis herunter ab. Der jetzige Thurm ist somit aus dem
sechzehnten Jahrhundert; doch nimmt man mit Recht an, daß
der untere Theil des Thurmes sogleich mit der Kirche nicht
nur angelegt, sondern auch erbaut wurde. Darauf stand also
der hölzerne Thurm bis 1542 und nun wurde der alte Unter=
bau erhöht. Die großen Fenster[5]) stammen aus der näm=
lichen Zeit. Die höheren Theile sind noch jünger. Die jetzige
Wohnung des Thürmers wurde 1740[6]) eingerichtet (früher
war eine Altan mit kleiner Wohnung). Das Dach stammt
aus der Zopfzeit; Näheres ist nicht bekannt[7]).

Ueber die Veränderungen, welche die Kirche im Innern
während fünf hundert Jahren erfahren hat, weiß man auch
nur Weniges. Das Chor lag tiefer (daher die Sockel der
Pfeiler nun im Boden stehen) und war ursprünglich (wie
jetzt wieder) offen. Im Jahr 1478 wurde es mit steinerner
Umfassung und eisernem Gitter abgeschlossen; letzteres ent=
fernte man 1715 und setzte an den Eingang zwei Thüren,
die später weggebracht wurden. Nach und nach wurden viele
Altäre aufgestellt, die dem Zopfstil angehören. Die Orgel
wurde von der mittleren Gallerie an das Ende des Haupt=
schiffes gebracht u. s. w.

Im Jahr 1813 wurde auf Napoleons Befehl das Dach
der Laterne abgebrochen und ein Telegraph angebracht. Zehn
Jahre darnach stellte die städtische Behörde die Spitze wieder
her; durch Beiträge wurden damals Kreuz und Wetterfahne
vergoldet.

Auch die Einkünfte des Stiftes hatten sich durch die
Länge der Zeit viel geschmälert; namentlich sind durch die

---

5) Im Glockenhaus steht an einem hölzernen Balken 1545; ob
die Zahl nicht neuern Ursprungs ist? An einigen Fenstern, nament=
lich der Westseite, findet man Brandspuren. Darnach könnte man an=
nehmen, daß die untern Theile der Fenster älter als der Brand seien.
Auch ist hier die älteste Glocke von 1544.

6) Damals wurde Thürmer der Organist Engelhardt; ihm folgte
1796 Schneider, 1847 Adam Metzger, 1863 dessen Sohn Richard
Metzger. Vor Engelhardt war auf dem Thurm ein Gerber, der durch
sein Handwerk die Altan unbrauchbar machte.

7) Die Plane bei Serarius (1604) und Merian (1646) haben
daher noch nicht die Fenster der Thürmerwohnung, wohl aber ein
Stadtplan von 1755.

Reformation nicht wenige Besitzungen abhanden gekommen. Daher wurde im Anfange des folgenden Jahrhunderts, nämlich im Jahr 1615, durch den Kurfürsten Johann Schweickart (1604—1626) die Anzahl der Stiftsherren auf vierzehn herabgesetzt. Diese Zahl hielt sich so ziemlich. Hundert Jahre nachher, um 1720, waren außer Probst, Decan, Scholaster und Sänger 11 Kapitulare, 7 Domicellare und 15 Vicare. So blieb es fast unveränderlich bis zur Aufhebung der Stifte, 4. Juli 1802, wo außer den vier Würdenträgern 11 Kapitulare, 8 Domicellare und 16 Vicare genannt werden. Einer der Letztern, der bisher die Pfarrei verwaltete, Anton Pauli, wurde im nächsten Jahre Succursal-Pfarrer. Ihm folgte 1812 Georg Anton Webel, der den 13. März 1816 starb.

Erneuerung.

Die Kirche war im Innern mit der Zeit ihrem ursprünglichen gothischen Stil ganz entfremdet worden: da gab ein großes Unglück die Veranlassung, sie in der alten schönen Weise wieder herzustellen. Am 18. November 1857 wurde die Kirche durch die Explosion auf eine furchtbare Weise verwüstet. Die Dächer und Fenster waren alle zerstört, die Mauern zerschlagen, die Orgel zertrümmert, das ganze Gebäude lag voll Glas und Schutt u. s. w. Die Entschädigungssumme von 23,000 fl. reichte kaum hin, das Nothwendigste herzustellen. Kirchenverwaltung und Gemeinde wußten nicht zu helfen. Da entschloß sich Franz X. Geier, einer der geschicktesten Baumeister dahier, „im Anfang von 1858[1]) der Sache ein Opfer zu bringen und übernahm die Wiederherstellung der Kirche unentgeldlich Gott zu Ehren und der Sache zu Liebe." Schon die Dachbedeckung verzehrte beinahe jene Summe; und so verblieb nur wenig für das Innere. Geier, der einen großartigen Plan für die Kirche gefaßt hatte, fragte hierüber Niemanden; denn er wäre überall abgewiesen worden. Er ließ nun „während drei Wochen bei verschlossenen Thüren alle entstellende Einbauten, alle Altäre u. s. w. ganz niederlegen

---

1) Hier und in Folgendem gebrauchen wir seine eigenen Worte, die er Anmerkungen zu Schaab's Geschichte von Mainz niederschrieb.

und beseitigen; auch die Denkmäler zu Ehren des h. Bonifa=
cius und Willigis, welche zwar sehr groß und massenhaft,
aber ohne Kunstwerth waren, verschwanden ebenfalls und gaben
dem Chor mehr Raum [2]). Die Kirche stand nun in einem
Zustande fürchterlicher Verwüstung und Leere da." Nun gab
es auch Protestationen und Verwahrungen von Seiten der
geistlichen Behörden, allein „es war zu spät. Die Restaura=
tion der Kirche in der ursprünglichen Weise konnte zur That=
sache werden." Da die Unterstützungen, für welche der Pfarrer
eifrigst besorgt war, nur sparsam flossen: „so mußten Pfarrer
und Baumeister für die Kirche weiteres Interesse zu erregen,
indem sie zeigten, daß die Kirche wie ein Schild einen großen
Theil der Stadt vor bedeutender Zerstörung gedeckt habe, und
so wurde die Entschädigungssumme verdoppelt. Dadurch konnte
man Bau und Dekoration im Innern zu einem leidlichen
Abschlusse bringen." Und dem trefflichen Baumeister Geier
gelang es, die Kirche in dem alten Stile auf das Schönste
und Harmonischste auszuführen; er hat dadurch seinen Namen
mit der Kirche verewigt [3]).

—————————

[2]) Die alten gothischen Wände vom Jahr 1478 wurden unter die
Orgelbühne gesetzt. Auch die Chorstühle, ebenfalls alt, mußten weichen.
(Wir wünschen sie wieder in's Chor aufgestellt.)

[3]) Daher wollen wir auch hier eine kurze Biographie anfügen.
Franz Xaver Geier, geboren zu Mainz am 27. Oktober 1804, besuchte
zuerst das hiesige Gymnasium, dann, indem er sich dem Baufache wid=
mete, die Schule von Weinbrenner in Karlsruhe, die Universitäten
von Freiburg und Berlin, und machte hierauf sowie später mancherlei
Reisen, wie nach Wien, Paris, Brüssel, auch nach Italien, wo er län=
gere Zeit sich aufhielt. Schon seit 1826 war er praktisch thätig und
führte hier und an vielen Orten auswärts fortwährend bis an seinen
Tod viele schöne und großartige Gebäude auf, von andern entwarf er
die Pläne. Mainz verdankt ihm Vieles: so war er bei den Gutenbergs=
festen viel beschäftigt, so entwarf er den Plan zum neuen Kästrich, so
besorgte er die Gesammtaufnahme der Stadt, so die Armirung der
Festung im Jahre 1830 u. s. w. Die hiesige Fruchthalle, nach seinem
Plane von ihm 1839 gebaut, und die Erneuerung der Stephanskirche
sind die schönsten Denkmäler, die er sich setzte, u. s. w. Im Drucke
sind außer einigen Lokalschriften von ihm erschienen· „Uebersicht be=
merkenswerther Holzverbindungen Deutschlands," 6 Hefte; (mit Görz
in Wiesbaden) „Denkmale romanischer Baukunst am Rhein," vier Lie=
ferungen, u. s. w. Er starb 12. Juni 1864. Geier stammt aus einer
alten Gelehrtenfamilie von Mainz; schon 1520 hat Balthasar Geyer,
Lehrer des Kirchenrechtes, die römischen Inschriften dahier gesammelt.

Die Erneuerung dauerte über anderthalb Jahre. Am 14. August 1859 wurde die Kirche vom Bischofe wieder eingeweiht, wobei Domkapitular Dr. Heinrich die Predigt hielt.

Das Innere.

Die Kirche macht im Innern einen großartigen und edeln Eindruck; man übersieht den ganzen Raum der großen hohen Kirche in seiner ursprünglichen Physiognomie und ist durch Bilder und andere dem Stile fremdartige Zuthaten nicht gestört. Von großer Wirkung ist, daß alle Schiffe gleich hoch sind. Sehr schön gestaltet es sich, daß zu dem Chor, das früher etwas länger war, die Hälfte vom Querschiffe in seiner ganzen Breite hinzugezogen wurde. Die Chorschranken sind alt, sie waren die Balustraden der weggenommenen Wände des alten Chors; am Eingange stehen zwei Bronzekandelaber. Die Orgelbühne wurde vergrößert, das Hauptschiff verkleinert. Letzteres loben wir nicht. Man hätte den Raum unter der Orgel offen lassen sollen, wie er gewesen; eine Thüre in dieser Westseite wäre sehr zu wünschen, indem bei den jetzigen Eingängen nicht der Eindruck sogleich hervorgerufen wird, den die Kirche macht und machen soll.

Die Dekoration ist in ihrer schönen Einfachheit wieder hergestellt worden. Die natürliche rothviolette Steinfarbe der Pfeiler mit vergoldeten Kapitälern auf braunrothem Grunde stimmt in guter Harmonie mit dem lichten Sternenhimmel auf blauem Grunde in den Gewölbefeldern. Die Gewölberippen steinfarbig mit Goldlinien heben das Ganze und machen hier Ornamente und Malerei überflüssig. Die Mauerflächen haben einen hellen, graugrünen und einfarbigen Steinton, der einen ruhigen Gegensatz mit der Steinfarbe der Pfeiler und Gurten wie mit der Farbengluth der bunten Gläser bildet, mit welchen alle Fenster in Teppichmustern ausgefüllt sind. Die Fenster haben einen verschiedenen Ton, was nicht ungeeignet erscheint. Die Fenster des Querschiffes und Langhauses haben lebhaften und frischen Ausdruck; die im Chor sind fein, mit etwas schwacher Färbung, aber von strenger Zeichnung [1]. Auch sind sie von verschiedener Größe und Breite;

---

1) Die drei Fenster im Chorbogen sind vom Glasmaler Baudri

die auf der Nordseite hätte man weiter herabbrechen sollen, daß sie denen der Südseite gleich ständen. Die Eintheilungen und Füllungen (Maßwerke) sind nicht dieselben, auch nicht mannichfaltig oder sehr verschieden. Malerische Wirkung machen die Altäre mit ihrem gothischen Schmucke. Die Leerheit der Wände können wir nicht gerade loben: wenn auch keine Malereien angebracht werden sollten, man konnte doch einige Bilder[2]), Statuen und Denkmäler aus der früheren Zeit beibehalten. Nur ein Crucifix im südlichen Schiff und ein paar Inschriften, weil diese in die Mauer eingelassen waren, entkamen der Entfernung. Die jetzige Gemeinde ist noch an den bilderreichen Schmuck der Wände gewöhnt und fühlt sich in der Kirche fast vereinsammt. Dagegen der Künstler und Kritiker, wie der Fremde wird die Restauration hoch rühmen, denn der Eindruck der Kirche ist ein großartiger, wie von wenigen andern Pfarrkirchen gesagt werden kann.

Die Kirche ist eine kreuzförmige Hallenkirche; die Seitenschiffe sind nämlich so hoch wie das Hauptschiff; das Querschiff tritt über die Seitenschiffe wenig hervor. Das Ostchor ist rund, das Westchor (oder der Fuß des Kreuzes) ist gerade geschlossen.

Die Kirche ist 84 Fuß hoch. Die ganze Länge ist 110 Schritte (92 bis zu der jetzt abgeschlossenen Orgelbühne). Die Seitenschiffe sind 46 Schritte lang, nicht gleich breit, indem das nördliche Seitenschiff 10—11, das südliche 8 Schritte Breite zählt; dieselben Größenverhältnisse hat das Querschiff, nämlich 44 und 17—18. Das Chor ist 17 Schritte breit, ursprünglich 25 lang, dazu kommen jetzt 7 Schritte vom Querschiff. Das Langschiff ist 42 Schritte, das Westchor (oder der Fuß) 26 Schritte lang; die Breite ist die des Chors.

Der Flächenraum der Kirche (ohne die Pfeiler) ist 12,175 Quadratfuß.

Die Pfeiler sind an Stärke verschieden, die gegenüber stehenden einander gleich, alle kolossal; die vier in der Mitte bestehen aus einem runden Kerne, an den sich in gleichen

in Köln und ein Geschenk des verstorbenen Erzbischofs von Geissel in Köln; die andern Fenster sind vom Glasmaler Hirschvogel in München.

2) Es waren mitunter schöne und alte Gemälde da; so mehrere Bilder auf Goldgrund aus Albrecht Dürer's Schule.

Entfernungen vier Säulen (Dienste) büschelartig anschließen. Die vier weitern am Kreuz, von denen die zwei äußersten halb in der Mauer stehen, sind viel massiver und bestehen aus vier dicken und vier dünnen Säulen mit Zwischenwänden. Auf den untern Pfeilern ruht der Thurm. Alle imponiren durch Höhe und Umfang.

Von diesen büschelförmigen Pfeilern hat jede Säule ihr eigenes Kapitälchen mit verschiedenem Blätterschmuck; Blätter, Zweige und Früchte sind theils der Natur entnommen und geben inländische oder ausländische Pflanzen, theils sind sie ideell geschaffen, alle frei, mit Geschmack geordnet [3]).

Zum diesjährigen Jubelfeste haben die Schüler und Schülerinnen des Herrn Pfarrers eine Gaseinrichtung in der Kirche angebracht; an den Kandelabern des Chors steht daher folgende Inschrift:

Die
Einrichtung
zur
Gasbeleuchtung
haben die
dankbaren
Schüler und
Schülerinnen
herstellen
lassen.

zu
Ehren des
hochwürdigen Herrn
Pfarrers Merz
in Erinnerung
seines Unterrichts
während
fünfzig Jahre
am Jubelfest
17. April 1866.

Die Möbel.

Die neue Möblirung der Kirche ist dem ursprünglichen Stile angepaßt, doch zur Zeit noch nicht in allen Theilen durchgeführt. Die großen Maße der architektonischen Verzierung stimmen gut zum hohen Bau der Kirche und sind unter sich harmonisch. Die Kleingothik ist schön componirt und zierlich ausgeführt. Minder sprechen mehrere Figuren an, z. B. an der Kanzel, am Muttergottesaltar. Diese Möbel sind vom Bildhauer Prekle in München (außer einem Reliquienschrank).

---

[3]) Die Abbildung von fünf Kapitälern s. Moller Altdeutsche Baukunst Tafel XXXVIII. S. 61.

Altäre waren früher viel mehrere in der Kirche, im Jahr 1858 noch sieben[1]); nun sind drei neue.

Hauptaltar. Die Anordnung ist einfach und sinnig. Der Altar, auf vier Stufen erhöht, ist geschmückt mit einem neuen hohen Crucifix, das schön und ausdrucksvoll ist; zu den Füßen steht der Tabernakel, an den Seiten zwei versilberte (nicht sehr alte) Leuchter und sechs neue hölzerne vergoldete (nach altem Muster). Rechts und links vom Altar stehen vier acht= eckige Säulen oder Kandelaber von Messing[2]); die zwei näch= sten am Altare haben unten folgende Inschrift:

Tibi. deus. opt.	Max. patri. lumi
num. vobisq. di	vi Stephane. pro[3])
thomartyr. et	Mar. Magdalena
hujus. templi.	præsidib. col
legæ. an. dn. M. D.	IX. posuerunt.

„Dir, bester, höchster Gott, dem Vater des Lichts, und euch, heiliger Stephanus, erster Märtyr, und Maria Mag= dalena, den Beschützern dieser Kirche, haben die Stiftsherren im Jahr des Herrn 1509 (diese Kandelaber) gesetzt.“

Hinter dem Altar, etwa 12 Fuß entfernt, in der Mauer ist das Sakramenthäuschen, zu dem sechs Stufen aufführen (eigentlich eine Mauernische); es hat eine prachtvolle Thüre von Eisen, mit vergoldeten Trauben, Aehren und Blättern reich geschmückt: in denselben erkennt man die Buchstaben F. D. (ohne Zweifel des Verfertigers Namen). Unter der Thüre steht:

Anno Jubilei MCCCCC.

„Im Jahre des Jubiläums 1500.“

Ueber der Thüre ist eine schöne steinerne Verzierung, ebenfalls vergoldet, so alt wie die Thüre; darüber ein bal= dachinartiger Ueberbau von Holz, erst bei der Erneuerung ge=

----

1) Sie waren geweiht: Hochaltar wie nun; an den Ecken des Chors den hh. Sebastian und Johannes; nebenan Paulus und Anna; in den Querschiffen Maria und Nicolaus; im Chor standen altar= ähnliche Denkmäler von den hh. Willigis und Bonifacius.

2) Eine Abbildung derselben und ihrer Zierrathen s. Organ für christliche Kunst 1862 S. 51. Vor 1857 waren oben phantastische Köpfe mit langem fliegendem Bart und zurückgebogenen Hörnern eingefügt. Sie dienten früher zu Vorhängen und sind nun im Kirchenschatz.

3) Die Inschrift hat di vi; es muß aber di ve heißen. Weiterhin steht prothom mit h. (Aus Eile wählen wir kleine Buchstaben.)

fertigt. Nebenan stehen die gut gearbeiteten steinernen Statuen des h. Stephanus und der h. Magdalena, denen die Kirche geweiht ist; sie sind wohl so alt als das Sakramenthäuschen. Weiter hin stehen zwei neue Reliquienschränke, von denen bald die Rede sein wird. Durch diese reichen Verzierungen in und an der Mauer hinter dem Altar gewinnt dieser einen großartigen Anblick.

Die Seitenaltäre stehen an der Ostseite des Querschiffes, haben eine Stufe und sind ebenfalls neu, mit ähnlichem Aufsatz wie hinter dem Hochaltar.

Rechts der Muttergottes-Altar mit dem Altarbild „Maria mit dem Kinde, im Hintergrund Mainz mit dem Regenbogen" (Allegorie auf die Explosion), von dem berühmten Maler Phil. Veit, Director des hiesigen Museums; daneben die Statuen der hh. Barbara und Katharina. Auf dem Altar ein Reliquienbehälter mit der Aufschrift:

Des heil.
Pantaleons
Reliquien[4]).

Ueber dem Altar ein Fenster.

Links der Sebastianus-Altar mit dem Altarbild „der h. Sebastian, von römischen Soldaten gefesselt; im Hintergrund das Forum von Rom," eben vollendet von dem erwähnten Künstler; und mit den Statuen der hh. Bonifacius und Willigis. Am Altar kein Fenster, weil die Sakristei anstößt, in welche eine Thüre neben dem Altar führt.

Die beiden Gemälde (die einzigen bis jetzt in der Kirche) sind recht schön, effektvoll und stimmen gut zu der Erneuerung.

Die Kanzel ist gleichfalls neu; sie zeigt am Schalldeckel die vier Evangelisten, überragt vom guten Hirten. (Der Aufgang zur Kanzel ist unrichtig gestellt; früher stand sie auf der andern Seite an dem nächst untern Pfeiler.)

Die Orgel ist neu, da die alte vom Jahr 1715 bei der Explosion zu Grunde ging; die jetzige ist vom hiesigen Orgelbaumeister Dreymann, mit 32 Registern und kostete 8000 fl.; das Gehäuse, das dem Stile der Kirche angepaßt ist, noch 1500 fl. Bei der Restauration wurde die Empor-

----

4) Sie stammen aus der ehemaligen Benediktiner-Abtei des Jakobsbergs (jetzt Citadelle).

bühne der Orgel erweitert, was für die Orgel nicht unpassend sein mag, aber für das Mittelschiff, wie schon bemerkt, nicht vortheilhaft erscheint. Auf die Orgel führen 25 Stufen, welche in der alten Sakristei sind.

Die übrigen Möbel, wie Beichtstühle, Betstühle, sind noch nicht erneuert.

Die Reliquien.

Die Kirche ist sehr reich an solchen; sie sind enthalten in zwei neuen im mittelalterlichen Stil verfertigten Schränken, welche, wie schon erwähnt, hinter dem Altar neben den Patronen der Kirche stehen. In dem Schranke links, dessen Thüren mit **St. W.** und einem Wappen bezeichnet sind, werden die Reliquien vom h. Willigis aufbewahrt, nämlich sein Haupt von mittlerer Größe[1], ohne Zähne, ziemlich viele Gebeine und sein Meßgewand, eine Casula in Glockenform von Seide, gelb, damascirt mit großem Dessin, mit neuem Futter. Der andere Schrank (dahier in der Fabrik von Knußmann und Kähler verfertigt) hat auf den Thüren die Aufschriften:

Reliquiae   **Reliquiae**

St. Stephani.   **St. Magdalenae**

In ihm sind zahllose Reliquien, von denen wir die bedeutenderen hervorheben. Zuerst drei kleine Monstranzen, die eine enthält Stücke vom Kreuze Christi, die andere Gebeine des h. Stephanus, die dritte eine alte Hostie; diese Monstranz hat unten die Inschrift:

Moguntiam

MDCCI.

Ferner ein romanischer kleiner Leuchter, vergoldet, mit schönem Email, sehr alt, oben liegt ein Stein vom Martyrthum des Schutzpatrons; noch ein anderer Stein liegt neben[2]. Merk-

---

1) Ueber dies Haupt s. Näheres bei Schaab Geschichte von Mainz II. S. 324. Am 23. Februar, dem Gedächtnißtage des Heiligen, feiert der Pfarrer im oben erwähnten Gewande das Hochamt.

2) Früher waren drei solcher Steine hier; sie wurden von Theobald, Missionär im h. Land, als Scholaster des Stephansstifts 1215 gestorben, hierher gebracht. Derselbe brachte auch von Bethlehem das Haupt der h. Anna, welches im Jahr 1500 durch einen Steinmetz entwendet und nach Düren gebracht wurde, wo es trotz großer Bemühungen des Stephansstiftes durch die Entscheidung des Papstes verblieben ist.

würdig ist ein sehr altes Kästchen von Holz, mit Steinen besetzt und mit Eisen beschlagen, angefüllt mit vielen Reliquien. Sehenswerth ist auch ein Säckchen von Linnen mit seidener Unterlage und merkwürdigen Stickereien (aus dem Anfang des 14. Jahrhunderts). Vorn steht: Hadevigis; auf der Rückseite (ohne Stickereien): Sic. Hadevigis. me. fecit.... „So hat Hadevigis mich gemacht...." Endlich noch viele Kästchen mit Reliquien, welche früher in Altären standen, einige mit alten kurzen oder längern Inschriften auf Pergament oder Papier. Von der Schutzpatronin Maria Magdalena werden mehrere Reliquien aufbewahrt.

Der Taufstein

ist ganz neu und wurde eben erst zum Jubiläumstage von den Pfarrgenossen und Freunden des Jubilars angefertigt, mit folgenden Inschriften und Zierathen.

Auf dem Taufstein steht in acht Feldern auf Spruch=bändern:

Nisi quis renatus fuerit ex aqua et spiritu sancto,
non potest introire in regnum dei. Joh. III. 5.

„Wenn nicht Einer aus Wasser und dem heiligen Geiste wiedergeboren wird, kann er nicht in das Reich Gottes ein=gehen."

Auf dem Deckel:

✠ Pl. rev. dno. Petro Jos. Merz Moguntino per L. annos ecclesiæ S. Stephani parocho fontem hunc baptismalem ad augendum domus Dei decorem die jubilæi XVII. mensis aprilis anno Domini M.DCCC.LXVI. dedicarunt parochiani. ✠

„Dem sehr ehrwürdigen Herrn Peter Joseph Merz aus Mainz, Pfarrer der Kirche St. Stephan während 50 Jahre, haben diesen Taufstein zur Vermehrung der Ehre des Gottes=hauses am Tage des Jubiläums, am 17. April im Jahre des Herrn 1866, die Pfarrgenossen geweiht."

In den vier Hauptgiebelfeldern des helmartigen Deckels sind in die Flächen gravirt und dunkel emaillirt die Vorbilder der Taufe: „Noah mit der Arche; der Durchgang durch das rothe Meer; Moses schlägt Wasser aus dem Felsen, und die

Predigt Johannes des Täufers." Auf den zwischen liegenden kleineren Feldern sind die Symbole der Evangelisten angebracht: „der knieende Engel, der Adler, der Löwe, der Stier mit den Namen der Evangelisten auf dem Bande."

In dem krönenden Baldachin von durchbrochener Arbeit ist „die Taufe Christi durch Johannes" in Metallguß.

Nach dem Entwurf des Architekten der Kirche Dr. Heinrich Geier (eines Sohnes des oben erwähnten Baumeisters) wurde das Taufbecken von dem Marmorarbeiter Stephan Sieglitz dahier verfertigt; der metallene Deckel ist von Gabriel Hermeling in Köln entworfen und ausgeführt.

Die Emporbühnen.

Emporen oder Gallerien hat die Kirche drei und sie sind nicht so alt, als die Kirche.

Die erste, oberhalb der Sakristei ist viel jüngern Ursprungs, vierzehn Schritte lang, zehn breit, hat zwei viereckige Fenster nach Osten. (Das in das Chor entstand wieder bei der Erneuerung, war aber bei dem Bau des Chors dem gegenüberstehenden gleich.) Hier war die Schatzkammer des Stifts; nun sind daselbst Schriften aus dem Stift, namentlich Rechnungen bis in den Anfang des siebzehnten Jahrhunderts, in einem Schranke aufgehäuft und mehrere frühere Bilder der Kirche stehen am Boden. Die Wendeltreppe, die aus dem Querschiffe hinauf führte, ist seit der Erneuerung zugemauert (unnöthiger Weise!). Der Aufgang ist nun durch die noch nicht hergestellte Kapelle im Kreuzgang (etwas beschwerlich) 32 Treppen hoch. Diese Emporbühne, nun ganz überflüssig, hätte man im Jahr 1858 abreißen und so das einzige verschlossene Fenster des Chors herstellen sollen.

Die beiden andern Gallerien am Ende der Seitenschiffe sind erst bei dem Thurmbau entstanden; sie sind nun leer. Beide sind gleich lang (12 Schritte) und haben ein spitzes Fenster in der Mauer des Seitenschiffes.

Die südliche Emporbühne ist 9 Schritte breit und hat beide Seiten in die Kirche offen. Hier war früher die Orgel. Die Thüre im Seitenschiff zu dieser Bühne ist viereckig mit älterm Zierath; 42 Treppen führen zu ihr und 42 Treppen weiter zum Speicher.

Die nördliche Emporbühne ist zwei Schritte breiter, nur im Süden offen gegen die Kirche; die Ostseite ist zugemauert und hat ein Fenster in dieselbe. Die Thüre zu ihr ist spitzbogig; 42 Treppen führen zur Bühne und weiter auf den Thurm.

Grabsteine mit Inschriften.

Außer den erwähnten Inschriften im Chor sind nur noch vier in der Kirche vorhanden. Sie sind Grabsteine und in die Kirchenmauern eingelassen; sie folgen hier nach dem Alter.

Neben der Thüre zur Orgel steht ein Grabstein mit schönem Bildwerk: „der Ritter bewaffnet, in der Rechten ein Kreuz, in der Linken ein Schwert haltend; zwischen seinen Beinen ein schreitender Löwe; oben das Wappen." Am Rande der vier Seiten steht von oben an:

Anno D. MDXX.. | ist gestorben der wolgeborn Her Her Gottfried Graf zv Diez Her zv | Epstein vnd zv Minczenbergk bidt dersel | bigenn vnd allen Glavbigen Selen dvrch God vmb ein Pater noster.

Der Graf hatte dieses Denkmal noch zu seinen Lebzeiten machen lassen; daher ist in der ersten Zeile Raum geblieben, um den Todestag nachzutragen, was vergessen wurde; Gottfried X. Graf zu Eppstein starb 1522 am 24. Dezember; er war ein großer Wohlthäter der Kirche. Er wurde vor dem Muttergottes-Altar begraben.

Im südlichen Schiffe dem Sebastianus-Altar gegenüber ist ein Grabstein mit allegorischem Bild: „der Glaube, auf dem Sarge sitzend, hält in den Händen Kreuz und Kelch," aus weißem Marmor; darunter in schwarzem Marmor die Worte:

Viator hic siste gradum
et pie precare Plm. Rdo. et Amplmo D. D. Jo
anni Adamo Diell S. s. theol. D. Protonot. Aplico Emmi.
Electris. Magni. Consilio. Ecclesio. et Maj. Sigillifero Eccles.
Colleg. ad S. Steph. et ad Gradus B. M. V. Can. Cap.
et Scholastico requiem æternam. Qui aetatis annum
LX die XX iulii mortalem ingressus die XXVIII eius
dem mensis MDCCXII cum immortali commutavit
Cuius Honori et Memoriae eius ultimae volun
tatis Executores hoc Monumentum
fieri curaverunt. C. A. R. I. P.

„Wanderer, hier halte deinen Schritt und bete fromm für den sehr ehrwürdigen und sehr angesehenen Herrn Herrn Joannes Adamus Diell, der h. Theologie Doctor, apostolischem Protonotarius, des durchlauchtigsten Kurfürsten von Mainz geistlichem Rath und Groß=Siegelträger, der Stifts=kirche zu St. Stephan und der seligen Jungfrau Maria zu den Stufen Stiftsherrn und Scholasticus, um die ewige Ruhe, welcher das 58. sterbliche Lebensjahr am 22. Juli betreten hatte und am 28. Tage desselben Monats im Jahr 1712 mit dem unsterblichen vertauscht hat; zu dessen Ehre und Gedächtniß die Vollstrecker seines letzten Willens dieses Denk=mal haben errichten lassen. Seine Seele ruhe in Frieden."

Im nördlichen Schiff von rothem Sandstein ein Grab=stein, unter dem Wappen die Worte:

Die durchlauchtigste Frau\
Maria Ludovica\
aus dem hoch fürstⁿ Haus\
Bayern und Zweybrücken\
im Jahr 1665 gebohrne Pfalz-\
Græffin ist dem Herren ent-\
schlaffen und dahier der Erdt\
bestettiget im Jahr 1748\
den 23. Januarij im hohen Chor\
in dem Gewölb sub No. 1.

Im nämlichen Schiff weiter nach Westen eine schwarze Marmortafel mit Wappen und folgender Inschrift:

Sub\
uno tumulo\
clauduntur\
quatuor\
zelo dei, amore proximi, integritate\
et sanguine vere germani\
Pl. R'dus D'nus Nicolaus Ignatius Hummel,\
Ecclesiæ Collegiatæ S. Mauritii Scholasticus,\
Ecclesiæ Collegiatæ S. Stephani Vicarius Senior, Jubilarius,\
et Sacrista, Ecclesiarum Benefactor insignis;\
natus Neoburgi Die 8va Julii 1667. Die vero 24ta Maji 1733.\
Denatus. Fundans 90 Sacra per annum in Altari Stae Annæ\
legend^a.

Honestissima vidua Anna Catharina
Hummel nata Gutmann,
Moguntiæ Die 26ta Aprilis 1634 mundo data,
virtutibus vero plena et ætate gravis decessit
3tia Martii 1724.
Honestissima quoque vidua
et virtutibus non impar **Anna**
Maria Müller nata Hummel
adiit Neoburgi mundum 12ma Junii 1664. Obiit
autem 24ta Augusti 1732.
Ad'm R'dus D'nus Ioannes Schemburg,
Ecclesiæ Collegiatæ S. Stephani Vicarius, Camerarius,
Sacrista et Altarista Domus S. Sepulchri; in vivis Avunculi,
Aviæ et Matris memor ex devoto affectu Monumentum
hoc fieri curavit. Natus Moguntiæ 2da 7bris 1691. Die
vero 12ma April. 1758 denatus. Ecclesiæ hujus Benefactor
insignis
fundans sacrum quotidianum in Altari S. Annæ Hora 6ta,
32 in Precibus Majoribus, 12 in Altari S. Crucis a Plebano
legenda.

His quatuor
benevole viator quatuor precare
pacis regionem, refrigerii sedem,
quietis beatudinem, et luminis claritatem.
Amen.

„Unter einem Grabe sind eingeschlossen vier wahrhaftige
Geschwister durch Eifer zu Gott, Liebe zu dem Nächsten, Unbe=
scholtenheit und Blutsverwandtschaft:

Der hochzuverehrende Herr Nikolaus Ignatius Hummel,
der Stiftskirche zu St. Moritz Scholasticus, der Stiftskirche
zu St. Stephan älterer Vicarius, Jubilar und Sacristan, der
Kirchen ausgezeichneter Wohlthäter; geboren zu Neuburg am
8. Juli 1667, am 24. Mai 1733 gestorben; nachdem er
90 Messen im Jahr am Altar der h. Anna zu lesen ge=
gründet hatte.

Die sehr ehrbare Wittwe Anna Katharina Hümmel ge=
borene Gutmann, zu Mainz am 26. April 1634 der Welt
geschenkt, voll Tugenden und vom Alter gedrückt starb sie
am 3. März 1724.

Die ebenfalls sehr ehrbare Wittwe und durch Tugenden nicht ungleich Anna Maria Müller geborene Hummel, betrat die Welt zu Neuburg den 12. Juni 1664, starb aber den 24. August 1732.

Der sehr ehrwürdige Herr Joannes Schemburg, der Stiftskirche zu St. Stephan Vicarius, Camerarius, Sakristan und Altarist des Hauses zum h. Grab, ließ im Leben des Oheims, der Großmutter und Mutter eingedenk aus inniger Ergebenheit dies Denkmal machen; geboren zu Mainz den 2. September 1691, den 12. April 1758 gestorben; dieser Kirche ausgezeichneter Wohlthäter, indem er stiftete eine tägliche Messe am Altar der h. Anna um 6 Uhr, 32 am großen Gebete und 12 am Altar des h. Kreuzes, von dem Pfarrer zu lesen.

Diesen Vier, wohlwollender Wanderer, bitte vier: Friedensgegend, Erquickungssitz, Seligkeit der Ruhe und Klarheit des Lichtes. Amen."

Die Sakristei

ist lange nicht so alt wie die Kirche, was schon die zwei rundbogigen Fenster zeigen; sie ist 14—15 Schritte lang, 10 breit; drei Treppen führen in das Chor, zwei in das Querschiff. Die Thüre in das Chor ist viereckig (man hätte sie im Jahr 1858 zumauern sollen); der alte Eingang ist im Querschiff (mit spitzbogiger Thüre).

Die Sakristei enthält nicht viele Sehenswürdigkeiten. Die größte Merkwürdigkeit ist ein Weihwasserkessel von Messing in Eimerform; in zwei Löwenköpfen ist die Handhabe befestigt, altromanische Arbeit. Oben am Rande liest man: † IHCVS HARDMANNVS ABBA. S. HERIBERTVS † SCMARIA. Von der Inschrift am untern Rand sind nur einzelne Buchstaben lesbar, ohne daß ein Sinn zu errathen ist. Der Zwischenraum ist durch vier Säulen in vier Flächen getheilt, wo Jesus, der Abt Hartmannus, Maria und der Bischof Heribert abgebildet sind. Unter letzterm ist vielleicht der Erzbischof Heribert von Köln zu verstehen, der aus einer Wormser Familie stammt, am 16. März 1022 starb und in dem von ihm gestifteten Kloster zu Deutz begraben wurde.

Das Gefäß wird nur etwa hundert Jahre jünger sein als diese Zahl.

Weiter wird gezeigt ein Messer altarabischer Arbeit, mit elfenbeinernem Stiele, silbernen Verzierungen an demselben und an der ledernen Scheide. Die Tradition sagt, hiermit sei der h. Bartholomäus geschunden worden.

Unter den Meßgewändern sind drei alte mit sehens= werthen Stickereien und erhabenen Figuren; sie stammen aus dem 15. Jahrhundert, wie auch ein Teppich von schöner Arbeit.

Ein Gemälde, „Alle Heiligen vorstellend,“ ist bemerkens= werth wegen der Inschriften. Auf dem obern hölzernen Rahmen, der spitz zuläuft wie das Bild, steht:

Sanctorv o veneranda cohors o sancta corona q colis æterno templa dicata deo | adfer opem precibusq. humiles defende clientes. et quacunque potes parte beare bea.

Auf dem untern Rahmen steht:
Anno domini 1582 die vero XII. novembris obiit in Christo feliciter venerabilis ac eximius dominus Winter hui eccles. canon. et St. Albani extra moenia Moguntiæ vicar. optime
merit
cui. anima requiescat in pace.

„O aller Heiligen zu verehrende Schaar, o heiliger Kranz, der du ehrst die dem ewigen Gott geweihten Kirchen, bringe Hilfe und durch deine Bitten beschirme die unterthänigen Schützlinge, und wie du immer beseligen kannst, beselige.“

„Im Jahr des Herrn 1582 am 12. November ist in Christus selig verschieden der ehrwürdige und ausgezeichnete Herr Winter, dieser Kirche Stiftsherr und Vicarius zu St. Alban außerhalb den Mauern von Mainz, hochverdient; seine Seele ruhe in Frieden.“

Noch finden sich hier ein altes Muttergottesbild und das Bild des frühern Marien=Altars, eine Himmelfahrt Mariä vorstellend.

Endlich hängen hier zwei beschriebene Tafeln, welche die Namen sämmtlicher vom Jahr 1417 bis 1800 verstorbenen Stiftsherren enthalten. Ueber der Zahl 1417 ist nur der erste Probst Wignandus, der im Jahr 1048 starb [1]), ange=

---

1) Ueber ihn siehe die erste Inschrift im Kreuzgang S. 27.

merkt. (Man sollte die zwei Pfarrer, welche seitdem der Kirche vorstanden, nachtragen, indem noch viel Platz auf der Tafel ist.)

Noch eine andere Sakristei ist im untern Theil der Kirche links, drei Treppen über dem Boden derselben; sie diente der Pfarrei, so lange die Kirche noch Stift war, und ist jünger als die Kirche, 16—17 Schritte lang, 6—7 breit; die Thüre scheint älter (mit spitzem Bogen); das große Fenster ist dem im Archivzimmer ähnlich; der Rahmen eines kleinern Fensters scheint älter. Hier führt eine hölzerne Stiege mit 25 Treppen zur Orgel. Neben der runden Eingangsthüre ist angeklammert ein länglich-runder, fast halb zerstörter Grabstein: „ein Geistlicher mit vor ihm knieendem Engel;" die Rundschrift ist: (Anno dni) MCCC XXXIIII. I. die inventi. (sce. Crucis ob. Hildebrandus de Mulhusen, Decanus huius Ecclesie, cujus ...)²). „Im Jahr des Herrn 1334 am Tage von Kreuz-Erfindung (3. Mai) ist Hildebrandus von Mülhausen, Decan dieser Kirche, gestorben, dessen..." Dieses ist die älteste Inschrift in der Kirche und eine der ältesten christlichen in Mainz.

Der Altar der Pfarrei stand frei unter der Orgel und wurde erst um 1809 entfernt.

Der Kreuzgang.

Außer dem Dom hat nur noch die Stephanskirche ihren Kreuzgang erhalten: er steht an der Südseite der Kirche und stammt aus der Mitte des fünfzehnten Jahrhunderts, wie ein Gewölb an der Kirchenthüre die Zahl 1449 zeigt (nicht 1499, wie restaurirt wurde). Er hat vier Gänge, meist drei-theilige Fenster, ein schönes, zum Theil hängendes Netzgewölb mit theilweise freistehenden Rippen. Die Gewölbe in den beiden Ecken der Ostseite sind neuer. Viele Wappen und andere Zierathen stehen sowohl oben am Gewölb, als wo die Rippen in die Mauern einsenken; an manchen dieser Schlußsteine (Consols) sind Figuren, wie kleine Engel und andere Ge-

---

2) Die eingeschlossenen Worte sind nicht mehr auf dem Steine erhalten, stehen aber bei Gudenus cod. dipl. III. S. 967. Dort ist auch bemerkt, daß der Geistliche zwischen zwei Engeln stand.

ſtalten, die Gurtenträger; an der Südſeite fehlen ſie meiſtens. Bei der Erneuerung des Kreuzgangs im Jahr 1856 ſind die Wappen, Figuren u. ſ. w. gemalt worden.

Der Kreuzgang iſt beinahe ein Quadrat von 38 Schrit= ten; die weſtliche Seite iſt etwas länger. Auch die Breite iſt nicht überall gleich, vier bis fünf Schritte.

Im Kreuzgang ſind zwei alte Eingänge in die Kirche, der öſtliche hat ſchönen Blätterſchmuck (wie kein anderer Ein= gang der Kirche). Die hölzernen Thüren zeigen die Jahres= zahl 1739.

Im Kreuzgang ſind einige ſehenswerthe Denkmäler und Inſchriften, die wir hier anfügen wollen.

Auf der Oſtſeite iſt in die Mauer eine Gedächtnißtafel von Stein eingefügt mit zwei Inſchriften; die in der Mitte der Tafel enthält viele verbundene Buchſtaben und Abkürzungen, welche alſo lauten:

Ne transire velis frater lectorque fidelis
Quin mea facta legas hæcque precando tegas
Nos qui terra sumus manet omnes exitus unus
Nullius et meritum hunc necat interitum
Hinc necis ad metas omnis compellitur aetas
Ex vetito pomo mortem trahit omnis homo [1])
Et quia deliqui stimulis serpentis iniqui
Spes atque tremit hunc quia culpa premit
Lector amande preces ad Christum funde fideles
Spes æterna spiret ut in venia.

Rings um dieſe Inſchrift ſteht von der linken Seite an:

† Anno incarnationis
dominice MXLVIII indict. XV.V
id avg Wignandvs fe
licis memorie p p s migrav ad XPM [2]).

„Wolle nicht vorüber gehen, treuer Bruder und Leſer, ohne daß du meine Thaten leſeſt und ſie durch Bitten ſchützeſt.

―――――――――

1) Die Inſchrift hat moe, worin Gudenus a. a. O. S. 966 das Wort mors erkennt, was keinen Sinn hat; ich deute die Abkürzung als mortem. Vers 7 hat derſelbe stimulo, der Stein stimulis.

2) Die Buchſtaben der untern Zeile laufen rückwärts, woraus hervorgeht, daß das Denkmal niemals als Grabſtein auf dem Boden lag, ſondern immer an einer Wand ſtand: darum fängt ſie auch auf der linken Seite an.

uns, die wir Erde sind, erwartet alle ein Ausgang, und keines
Verdienst tödtet diesen Untergang. Daher wird zum Ziel des
Todes jedes Alter hingetrieben. Aus dem verbotenen Apfel
zieht den Tod jeder Mensch, und weil · ich fehlte durch den
Antrieb der ungerechten Schlange und die Hoffnung zittert,
weil die Schuld sie drückt, so sende, lieber Leser, treue Bitten
zu Christus, damit ewige Hoffnung in der Verzeihung an=
hauche."

„In dem Jahr der Menschwerdung des Herrn 1048,
der 15. Indiction [3]), am neunten August ist Wignandus
Probst glücklichen Andenkens zu Christus gewandert."

Der hier genannte Wignandus ist der älteste Probst des
Stiftes, der uns bekannt ist (doch nur aus dieser Inschrift);
aus dieser Zeit aber stammt höchstens nur die Grabschrift
um die Verse. Das Denkmal selbst ist auf keinen Fall so
alt, sondern mehrere hundert Jahre später gemacht und ein=
gefügt worden. Man weiß, daß Scholaster Schumann um
1780 es erneuert hat; die Verse sind aber älter als das
vorige Jahrhundert.

Nebenan steht jetzt ein Grabstein, der lange auf dem
Boden lag und daher sehr abgetreten ist: „ein Geistlicher im
Ornate, auf der rechten Seite das Wappen der Gensfleisch,
ein schreitender Pilger mit Schaale, Stab und einer Kapuze
auf dem Kopf, auf der linken das der Bechtermünze (mehrere
verschieden gelegte Streifen)." Die Inschrift, jetzt kaum mehr
lesbar, lautete:

Ano dui MCCCCLX | XVI die mensis (aprilis) ob.
honorabilis dus | Frielo Gensfleisch canonicus | . . . . .

„Im Jahr des Herrn 1460 am 16. April starb der
ehrenwerthe Herr Frielo Gensfleisch, Stiftsherr u. s. w."

Er war ein Bruder vom Vater des Erfinders der Buch=
druckerkunst.

Auf der Südseite ein schönes Denkmal: „in der Mitte
Christus am Kreuze, rechts von ihm die Mutter Gottes und
Magdalena, links Johannes und Stephanus, vorn knieen zwei

---

3) **Die 15. Indiction** fällt übrigens nicht in dieses Jahr, sondern
ein Jahr vorher; daher wird es vielleicht XLVII. heißen sollen. Vgl.
Corresp. Bl. 1853 S. 37, wo die Randschrift mitgetheilt ist.

Stiftsherren, die Gebrüder Strohut, welche das Denkmal machen ließen." Die Farben sind neu. Unten steht:

Venerabil dns Arnoldus Strohut decretorum doctor nec non honorabil dns Hermannus germanus eius huius ecclie Canonici hanc Crucem fieri procuraverunt Anno dni Millesimo quadringentesimo octagesio quito.

„Der ehrwürdige Herr Arnold Strohut, Lehrer des Kirchenrechtes, und der ehrenwerthe Herr Hermann, sein Bruder, Stiftsherren dieser Kirche, haben dieses Kreuz machen lassen im Jahr des Herrn 1485."

Die Buchstaben A und H stehen an den Seiten unter einem Strohhut und bedeuten die Vornamen der Brüder. Das Bild scheint eine gläserne Einfassung gehabt zu haben.

Auf der Westseite ist ein kleines Denkmal: „Christus am Oelberg," ohne Inschrift und Jahreszahl.

Neben der Kirchenthüre liegt ein großer Grabstein: „Christus im Grab," schön, früher bemalt, aus dem 15. Jahrhundert, mit folgender Inschrift an einer Seite: † Herrn dit grab ist dir ge. machet zu eren. daz man di godlich lob hyr sal (hören); die andern Seiten haben keine Inschrift. (Der Stein erwartet noch Aufstellung und bessere Sorgfalt.)

Auf dem Boden liegen noch viele Grabsteine mit Bildern und Inschriften, meist abgetreten, einige nicht ganz unlesbar[4]). Man sollte sie neben anstellen.

Der Letzte, der im Krenzgang begraben wurde, ist der letzte Stiftsscholaster Johann Valentin Schumann (Generalvicar bei Bischof Colmar); er starb den 1. Mai 1803 und wurde unter dem großen Grabstein neben dem Eingang in die Kirche begraben.

Der Garten zwischen dem Kreuzgang, früher Begräbnißplatz, hat einen Brunnen, der 84 Fuß tief ist (wie die Kirche hoch).

---

4) Gudenus a. a. O. III. S. 966 theilt vierzehn Inschriften aus Kirche und Kreuzgang mit, von denen nur noch vier vorhanden oder lesbar sind. Doch liegen noch drei Steine mit Inschriften im Garten.

Die Kirchengebäude im Osten.

Der Kreuzgang ist von allen Seiten von Gebäuden umgeben: nördlich von ihm ist die Kirche; westlich die Wohnung des Glöckners und Schullehrers; südlich das Kloster zum guten Hirten, gebaut 1853 (hier war der Kapitelsaal); die östliche Seite hat folgende Kirchengebäude, welche alle viel später als die Kirche gebaut sind.

Zunächst an der Kirche ist die Bartholomäuskapelle, 22 Schritte lang, 10—11 breit, mit rundem Chor nach Osten; nur dieses ist gewölbt; von den drei spitzbogigen Fenstern im Chor ist das mittlere zugemauert, denn die Kapelle ist schon lange außer Gebrauch und in ihr stehen jetzt die Heiligen und andere, 1858 aus der Kirche entfernte Möbel. In der Kapelle führen 18 Treppen auf die nun verschwundene Orgelbühne (12 hölzerne weiter auf den Speicher). Von dieser Bühne kommt man nördlich (auf 13 ziemlich beschwerlichen Treppen) in die ehemalige Schatzkammer[1]) oder die Emporbühne des Chors, von der schon oben die Rede war.

Südlich von der Orgelbühne ist das ehemalige Archiv[2]), 15 Schritte lang und breit, mit schönem Gewölbe, das auf einem in der Mitte stehenden Pfeiler ruht, mit einem großen rundbogigen Fenster (wie das in der alten Sakristei); ein anderes nebenan wurde zugemauert, als das Portal gesetzt wurde. In diesem Lokale sind nun Kirchengeräthschaften.

Weiterhin südlich ist die ehemalige Taufkapelle, jetzt der h. Hildegard geweiht und zum angebauten Kloster gehörend. Sie ist der vorerwähnten ganz gleich, nur seit 1853 restaurirt; daher ist das mittlere Fenster im Chor geöffnet, das Schiff neu gewölbt u. a. m.

Das Portal

in der Stephansstraße ist aus dem vorigen Jahrhundert und führt unter dem Archiv in den Kreuzgang. Ober der Thüre steht der h. Stephanus in der Mitte von zwei Engeln, darunter zwei Inschriften; zu den Füßen des h. Stephanus:

---

1) Die eigentliche Wendeltreppe ist zum großen Theil zugeworfen, als, wie oben erwähnt, die Eingangsthüre in der Kirche zugemauert wurde.

2) Das Archiv war von Sebast. Loth (aus Weisenau, als Decan des Stiftes † 1714) geordnet worden.

Stephanus
per charitatem domini
pro
lapidantibus
intercessit.

S. Fulgentius
Serm. de S. Stephano.

Unmittelbar über der Thüre:

EXstrVCta
noVa porta
DIVo Stephano protoMartyrI.
patronoqVe
saCra eXVrgebat.

„Stephanus hat durch die Liebe des Herrn für die Stei=
nigenden gebittet. H. Fulgentius[1]), Predigt auf Stephanus.“

„Die errichtete neue Pforte, dem heiligen Stephanus,
dem ersten Martyr und dem Beschützer (der Kirche) ge=
weiht, erhob sich im Jahr 1747“ (welche Zahl in den
Zahlbuchstaben enthalten ist, ein Chronostichon).

Das Aeußere.

Im Aeußern imponirt die Kirche, wie wenige andere;
sie steht vorn auf der Anhöhe, welche über die Stadt einen
weiten Ueberblick gewährt, und da sie fast ganz frei steht
(nur die südliche Seite ist durch den Kreuzgang verdeckt): so
sieht man die Schönheit und Großartigkeit der einzelnen
Theile in der ganzen Ausdehnung. Besonders macht die
Nordseite einen großartigen Eindruck. Hohe gewaltige Mauern
zeigen großartige spitzbogige Fenster. Das Dach des Mittel=
schiffes hebt sich in angemessener Höhe und fast gleich hoch
sind die Dächer der Seitenschiffe, wo jedes der vier Fenster
sein besonderes steiles Walmdach hat. Der Giebel des Quer=
schiffes hat ein Radfenster und auf der Spitze eine Kreuzblume
(seit 1859). Zwischen jedem Fenster geht ein Strebepfeiler
bis an das Dach. Einige dieser Pfeiler sind jetzt mit Schiefer
gedeckt; andere haben noch die ursprüngliche Steindecke (mit

---

1) Worte des h. Fulgentius († 533) in seiner Predigt über den
h. Stephanus.

mehreren Säulchen). Das Querschiff tritt über das Chor 14, über die Seitenschiffe 3 Schritte hervor. (Hier ist eine aus späterer Zeit stammende Thüre zugemauert.) Das Ostchor[1] steht fast ganz frei mit gleich tiefen Fenstern (nur eines ist durch die Sakristei verbaut). Unter den Chorfenstern sind noch Reste von Freskogemälden, wie auch von einigen Buchstaben sichtbar.

An der Nordseite ist der einzige Eingang, der von der Straße in die Kirche führt; er ist vielleicht nur so alt als die Thürme, ohne besondern Schmuck. Die Thüre ist ganz neu (die frühere war vom Jahr 1739 wie die beiden im Kreuzgang). Vor der Erneuerung führten hier vier Stufen abwärts, jetzt vier Stufen aufwärts in die Kirche; so sehr hatte das Erdreich sich erhöht.

Die Westseite, geradlinigt geschlossen, ist vielleicht noch später als der Thurm; sicher sind die untern ganz runden Fenster (zwei im Langschiff, je eines in den Seitenschiffen) neuern Ursprungs. Hier wird in der Mitte eine Thüre ver-mißt (wie eine in der ältern Kirche war).

Im Jahr 1860 ließ die städtische Behörde den Kirchhof auf der Nordseite abtragen (er war eilf Fuß hoch) und dem Boden der Straße gleich machen. Damals wurde auch die Böschungsmauer dem Pfarrhause gegenüber neu aufgeführt. Durch den freien Platz, der so entstand, gewann die Kirche viel. Im Herbst 1863 wurden Bäume angepflanzt (zu wenige: man hätte sie nach beiden Seiten fortsetzen, auch Garten-anlagen anbringen sollen).

Der Thurm.

Auf den untersten Pfeilern des Hauptschiffes erhebt sich der Thurm, kolossal an Breite und Höhe, achteckig in schöner Form, mit hohen Mauern, großen Fenstern[1] und steilem Dache, wie es zu einem stattlichen Gebäude paßt; unmittelbar

---

1) Das Chor ruht auf Mauern des römischen Castrums. Die Ost-seite von diesem begann etwa am Eichelstein, ging gerade durch den Altenweibergraben, wo die Mauer noch sichtbar ist, an der Windmühle vorbei, durch das Chor der Stephanskirche nach dem Alexanderthurm, von wo sie nördlich sich nach dem Linsenberg wandte.

1) Nur sieben, das eine nach Südost ist der Wendeltreppe wegen zugemauert.

unter dem Dach ist die Wohnung des Thürmers, über der=
selben die Laterne mit dem Kreuze. Die Spitze der Fenster
neigt sich sehr zur Rundung (spätgothisch). Der Thurm stammt
nämlich in seinen einzelnen Theilen aus verschiedenen Zeiten, wie
der Anblick zeigt und wie oben bei der Erklärrng angegeben ist.

Die Höhe des Thurms (mit der Kirche) ist 210 Fuß,
und da die Kirche 100 Fuß über dem Rhein steht, so ge=
währt er auf der Laterne eine höchst anziehende, fast überall
fünf Meilen weit sich erstreckende Aussicht [2]).

Um den Thurm zu besteigen, muß man an der Westseite
schellen, worauf der Schlüssel vom Thürmer herabgeworfen
wird. Die Wendeltreppen, die hinauf führen, sind bequem und
auch meistens hell. Zuerst sind neunzig Stufen, bis zum
Speicher der Kirche; über diesen führen vierzig Schritte auf
die andere Seite, wo abermals neunzig Stufen zum Glocken=
haus führen, und 35 weiter zur Wohnung des Thürmers [3]);
von da sind noch ein und sechzig bis zur Laterne, so daß die
ganze Steigung 273 Stufen zählt. Bis zum Kreuze sind
weiter 21 Fuß. Die Thüre zum Aufsteigen ist jetzt fünf
Treppen über dem Boden.

Die Glocken.

Auf dem Thurm sind folgende Glocken:

1) In der Laterne die Schlag = und Sturmglocke (ur=
sprünglich dazu bestimmt, da kein Ring in ihr ist); oben
herum stehen die Worte:

---

2) Simrock im Rheinland (4. Aufl. 1865 S. 133) und nach ihm
Andere erzählen dichtend, daß Neuvermählte dahier in früherer Zeit
ihre Brautreise auf diesen Thurm machten und oft vierzehn Tage und
länger sich in einer Stube des Thürmers aufhielten. Dies ist aber
nie geschehen, und der Vater des jetzigen Thürmers weiß noch recht
gut, wie sein Vorgänger, der originelle und wegen seiner Anekdoten
und Witze hier noch wohlbekannte Schneider, dem Dichter Simrock,
der damals den Thurm bestieg, jene Erzählung aufband. Noch andere
gleich unbegründete Sagen gibt es über diesen Thurm, z. B. daß ein
Soldat, der sich gewöhnlich in einem Korbe habe aufziehen lassen, eine
Nacht in der Luft schwebend in demselben zugebracht habe

3) Früher fanden sich hier Bildnisse von Kurfürsten u. a. m.;
nun sind diese Sachen fast alle verschwunden. Nur noch eine Chronik
ist vorhanden; sie beginnt mit 1784; aber seit dem Frieden gibt sie
fast nur noch die Brände in der Stadt an.

Johann Klapperbach gos mich anno domini 1615.
vorn: Ioes Svicardus D. G.
A. E. M. P. E.
Wappen.

Im Glockenhaus hängen sechs Glocken, von denen vier Inschriften haben; wir zählen sie nach dem Alter auf.

2) Die größte hat oben herum:

Conradvs Gobel Francofvrdiæ me effundebat 1544. Gloria in excelsis deo et pax in terra hominibvs.

Darunter in Relief: schwebende Engel, auf fliegende Adler sich stützend; Geißelung und Dornenkrönung Christi, mit mehreren Medaillons von Kurfürst Albrecht (1514—1545), Kaiser Karl V. (1519—1556) und römische Münzen, wie vom Kaiser Vespasianus (69—79) u. s. w.

„Konrad Gobel zu Frankfurt goß mich 1544; Ruhm in der Höhe Gott und Friede auf Erden den Menschen."

3) Die nächste zeigt die Worte:

Conrat Gobel zu Franckfurt gos mich 1545.

Darunter viele Engel, Gefangennehmung und Grablegung Christi, mit vielen (28) Medaillons, wie vom erwähnten Kurfürsten Albrecht u. s. w.

4) An der folgenden steht:

M. Joannes Bertelt zu Mentz gos mich anno 1617 † im Namen Jesu Christi flos ich.

Darunter ein Crucifix mit der knieenden Magdalena.

5) An der viel spätern liest man:

Georg Christoph Roth in Maintz 1733 gos mich.

Darunter Christus am Kreuz mit Maria und Johannes und der h. Stephanus mit Palmen.

6) und 7) haben keine Inschriften; eine davon ist vor mehreren Jahren zersprungen; diese soll der Form nach älter sein als alle andern oben erwähnten (dann wäre sie vor dem Brand schon dagewesen).

Johann Peter Merz.

(Eine biographische Skizze.)

Der jetzige Pfarrer, der dritte seit Aufhebung des Stiftes, wird im Andenken der Kirche unvergeßlich bleiben; daher fügen wir eine kurze Lebensbeschreibung an.

Johann Peter Merz wurde am 29. Mai 1791 in Mainz geboren. Er besuchte zuerst die lateinische Schule von Uihlein und dann das französische Lyceum und das theologische Seminar, wo er solche Fortschritte machte, daß er am 29. März 1812 zum Baccalaureus ernannt wurde, was die kaiserliche Akademie in Paris am 17. November genehmigte. Am 2. September 1815 erhielt er die Priesterweihe und wurde unmittelbar darauf Kaplan zu St. Ignatius. Am 17. April 1816 wurde er Pfarrer zu St. Stephan, was er während voller 50 Jahre verblieb. Schon als Kaplan zeichnete er sich durch Eifer und Thätigkeit in geistlichen Verrichtungen aus; damals führte er freiwillig den Gottesdienst in den hiesigen Civilgefängnissen ein [1]; später (19. October 1818) wurde er als Seelsorger für dieselben angestellt. Als solcher mußte er öfters die zum Tod verurtheilten Verbrecher auf das Blutgerüste begleiten. Da die Stephansschule, als

---

[1] Da die Kapelle verwüstet war, ließ er auf seine Kosten den Altar daselbst errichten. Als er Pfarrer wurde, gaben ihm die weiblichen Sträflinge eine silberne Dose mit der Aufschrift vorn: Ex dono nonaginta novem Incarceratarum; auf der Rückseite: 1816. „Ein Geschenk von 99 verhafteten weiblichen Personen."

er Pfarrer wurde, außer der Pfarrei lag (nämlich im Gym=
nasium), gab er in seinem Hause vier Jahre lang den Pfarr=
kindern Elementar=Unterricht. Die hiesige Schulbehörde nahm
dies zwar übel, aber das Ministerium wies die Klage, die
deßwegen gegen ihn erhoben wurde, zurück, und sofort wurden
zwei Knaben= und zwei Mädchenschulen in der Pfarrei er=
richtet (damals in den westlichen Gebäulichkeiten des Kreuz=
ganges). Ebenfalls freiwillig führte er 1821 den Gottesdienst
für den katholischen Theil des preußischen Militärs ein, und
erst nachdem er ihn 22 Jahre unentgeldlich versehen hatte,
wurde er zum Pfarrer der preußischen Garnison ernannt und
honorirt; später erhielt er einen Garnisons=Kaplan. Ebenso
hat er sieben Jahre lang den Gottesdienst bei dem öster=
reichischen Regiment Langenau versehen. Für diese große
Opferwilligkeit ward ihm manche Auszeichnung zu Theil:
so erhielt er vom König Friedrich Wilhelm III. den rothen
Adler=Orden III. Klasse 4. September 1833; goldene Dosen
empfing er vom Kaiser Ferdinand am 16. November 1839
und vom König Friedrich Wilhelm IV. am 22. April 1841;
einen Brillantring am 29. Oktober 1859 vom Prinz=Regent
Wilhelm (jetzigem König von Preußen); er wurde auch am
26. December 1859 von unserm Großherzog mit dem Lud=
wigs=Orden II. Klasse geschmückt u. s. w. Auch wurde ihm
Antrag gemacht, eine höhere geistliche Würde in Preußen
annehmen zu wollen; er schlug sie aus, da er überhaupt von
seiner Gemeinde sich nie trennen wollte. Für dieselbe bewahrte
er stets dieselbe Thätigkeit und bewies sich überall als eifrigen
Seelsorger, unermüdlichen Religionslehrer, warmen Unterstützer
der Armen und treuen Freund aller Gemeindeglieder, mit
einem Worte als einen höchst würdigen Geistlichen. Zugleich
war er immer bestrebt, die Kirche, welche während der fran=
zösischen Herrschaft viel gelitten hatte, herzustellen und zu
verschönern: man kann eigentlich sagen, daß er stets an ihr
restaurirte. Vor zehn Jahren wurde der Kreuzgang im ur=
sprünglichen Stile hergestellt, und als gleich darauf die Ex=
plosion die Kirche verwüstete, wandte er ungeheuere Mühe
an, um sie also hinzustellen, wie wir sie nun bewundern.
Wie sehr er die Liebe seiner Gemeinde sich erworben, ersah
man vor zehn Jahren. Da der Wunsch damals laut wurde,
sein vierzigjähriges Pfarrjubiläum zu feiern: so blieb Niemand

zurück, um Liebe und Dankbarkeit ihm darzubringen. Ebenso als er im September des vorigen Jahres sein Priesterjubiläum im Kloster Marienthal im Rheingau beging, ließen viele seiner Pfarrgenossen sich nicht abhalten, ihm persönlich daselbst ihre Glückwünsche abzustatten. Wie freuten sich Alle auf den heutigen Tag! Alle beeiferten sich, reiche Geschenke für ihn zusammen zu legen. Da aber derselbe stets nur für seine Gemeinde und seine Kirche besorgt war: so war sein Wunsch, der Kirche die Geschenke zuzuwenden, und so wurde ein neuer Taufstein von den Pfarrgenossen und Freunden des Pfarrers und eine Gaseinrichtung in der Kirche von seinen Schülern und Schülerinnen[2]) beschlossen und in's Werk gesetzt.

Indem wir über die weiteren Geschenke und Ehrenbezeugungen, die dem verehrten Jubilar heute an seinem Jubelfest zuertheilt wurden, Näheres mitzutheilen hoffentlich später Gelegenheit finden werden, wünschen wir, daß es dem würdigen Herrn noch lange gestattet sein möge, in unserer Mitte zu weilen und fortwährend der Gemeinde mit der Rüstigkeit und Thätigkeit vorzustehen, die schon 50 Jahre an ihm bewundert wird.

---

2) Nach genauer Aufzeichnung hat der Pfarrer in den fünfzig Jahren 2438 Knaben und Mädchen die erste Communion gereicht und zwar immer persönlich. Die Stephanspfarrei zählt gegenwärtig 3333 Katholiken; zur Seelsorge des Pfarrers gehören weiter 2810 katholische Preußen und im Arresthause sind gewöhnlich 60 Katholiken.